DOCTEUR PAUL DAUVÉ

MÉDECIN INSPECTEUR DU CADRE DE RÉSERVE

L'AMBULANCE

DE LA

DIVISION ABEL DOUAY

EN 1870

I0551176

WISSEMBOURG — REICHSHOFFEN

PARIS

HENRI CHARLES-LAVAUZELLE

Éditeur militaire

10, Rue Danton, Boulevard Saint-Germain, 118

(MÊME MAISON A LIMOGES)

L'AMBULANCE DE LA DIVISION ABEL DOUAY

EN 1870

DOCTEUR PAUL DAUVÉ

MÉDECIN INSPECTEUR DU CADRE DE RÉSERVE

L'AMBULANCE

DE LA

DIVISION ABEL DOUAY

EN 1870

WISSEMBOURG — REICHSHOFFEN

PARIS

Henri CHARLES-LAVAUZELLE

Éditeur militaire

10, Rue Danton, Boulevard Saint-Germain, 118

(MÊME MAISON A LIMOGES)

L'AMBULANCE DE LA DIVISION ABEL DOUAY

EN 1870

Tout récemment, plusieurs récits, les uns (1) d'une inexactitude par trop criante, les autres (2) notoirement incomplets, ont été publiés relativement au rôle joué, en 1870, au combat de Wissembourg, par l'ambulance de la division du général Abel Douay.

Ancien médecin-chef de cette formation sanitaire, j'ai pensé qu'il était de mon devoir de rompre un silence de trente années, et de publier enfin les notes recueillies à cette époque sur les faits qui se sont passés dans ces tristes journées ; la lecture de ces documents permettra d'apprécier à leur juste valeur les services que le personnel de cette ambulance a rendus, du 4 au 16 août, aussi bien à Wissembourg qu'à Elsasshausen.

Si, pour des causes qu'il ne faut attribuer qu'aux hasards du champ de bataille et à un retard de quelques heures dans la concentration, le matériel et les voitures n'ont pu nous suivre jusque dans les lignes de la 2ᵉ division, le personnel tout entier, sous-intendant, médecins, pharmaciens, officier comptable adjoint et infirmiers, est arrivé à son poste au moment

---

(1) *Frœschwiller.* Général Bonnal, 1899. — Conférence sur l'armée coloniale, 10 novembre 1898, Dʳ Bonnafy.

(2) *Bulletin médical*, 14 janvier 1899, Paris.

voulu, et ne l'a pas quitté depuis le début des hostilités jusqu'au 16 août, date du rapatriement de tout le personnel des ambulances du 1ᵉʳ corps de l'armée du Rhin.

Le 24 juillet 1870, le personnel de l'ambulance de la division Abel Douay se trouvait réuni à Strasbourg.

Ce personnel se composait de :

M. Dauvé, médecin-major de 1ʳᵉ classe, médecin-chef (1);

M. Réech, médecin aide-major de 1ʳᵉ classe (2);

M. Faucon, médecin aide-major de 2ᵉ classe (3);

M. Lallemand, médecin aide-major de 2ᵉ classe (3);

M. Fetsch, pharmacien-major de 2ᵉ classe (3);

M. Paillot, officier d'administration adjoint de 2ᵉ classe (4).

(Vingt-deux infirmiers pris à la 5ᵉ section le 3 août seulement.)

Dès le 16 juillet, la 2ᵉ division avait quitté Strasbourg pour aller se concentrer à Haguenau et dans les environs. Elle n'avait pu emmener son ambulance, qui n'était pas constituée.

Le 26 juillet, la 1ʳᵉ division, sous les ordres du général Ducrot, se concentrait à Reichshoffen. Son ambulance avait pour médecin-chef le médecin-major de 2ᵉ classe Ch. Sarazin, professeur agrégé de la Faculté de Strasbourg, ami personnel du général. Ni le personnel ni le matériel de cette formation sanitaire n'étaient encore arrivés à Strasbourg. Sarazin obtint de son général l'autorisation de l'accompagner; il emporta des ressources chirurgicales achetées dans le

---

(1) Aujourd'hui médecin inspecteur du cadre de réserve.
(2) Aujourd'hui médecin principal de 1ʳᵉ classe en retraite.
(3) Décédés prématurément.
(4) Aujourd'hui officier comptable de 1ʳᵉ classe en retraite, à Pont-à-Mousson.

commerce. Du 28 juillet au 4 août, il employa ces ressources à soigner les nombreux malades, zouaves et
turcos, atteints de fièvres paludéennes, qui venaient
d'Algérie. Enfin, le 5 août, après le coup de tonnerre
de Wissembourg, il reçut l'ambulance de sa division
complètement constituée en personnel et matériel.
Cette ambulance ainsi que celles du quartier général,
des 3ᵉ et 4ᵉ divisions, arrivèrent le même jour et purent
régulièrement fonctionner le jour de la bataille du
6 août.

Je ne fus pas aussi heureux et, malgré mes réclamations renouvelées chaque jour près de M. le médecin
principal de 1ʳᵉ classe Legouest et de M. l'intendant
de Seganville, je ne pus obtenir de quitter Strasbourg
avant la réunion des voitures constituant le matériel de
l'ambulance et l'arrivée, de Fort-Napoléon, de l'officier
comptable qui devait en prendre charge. Cet officier ne
devait rejoindre que le 10 août.

Enfin le 3 août, à 11 heures du soir, M. Legouest me
faisait appeler chez lui et me communiquait un ordre
du commandement enjoignant au personnel de la 2ᵉ
ambulance de rejoindre, par le train de 5 heures du
matin, le quartier général de la 2ᵉ division, à Wissembourg.

Le même soir, M. Paillot, officier comptable adjoint,
recevait l'ordre de prendre vingt-deux infirmiers de la
5ᵉ section de Strasbourg et d'emmener par le train du
lendemain les fourgons de chirurgie, de pharmacie et
d'administration pris à la même section.

Le lendemain matin seulement, à l'heure de l'em-
barquement, j'appris que nous emmenions notre matériel avec nous. Le train des équipages avait conduit
notre matériel à quai, mais il ne devait pas nous accompagner plus loin. Nous partions donc sans chevaux

pour traîner nos voitures, sans mulets à cacolets et sans hommes pour les conduire.

L'intendance ne nous avait pas distribué de brassards : on se serait cru déshonoré si l'on s'était présenté avec cet insigne de la Convention de Genève.

J'avais eu la précaution de placer dans mes cantines une boîte d'amputation, le linge et les médicaments les plus utiles pour ne pas être pris au dépourvu, si le matériel ne pouvait nous suivre en certaines circonstances. On verra plus tard que ces précautions furent inutiles.

A notre passage à Haguenau, vers 9 heures, nous apprenions que le prince royal attaquait Wissembourg et que la gare de cette place était en feu. Le train contenait, en même temps que nous, une centaine de réservistes du 50e de ligne et quelques officiers venus à Strasbourg pour y chercher des chevaux.

Malgré les observations du chef de gare d'Haguenau, nous demandâmes tous à continuer notre route; mais, au passage à niveau près de la halte de Riedseltz-Oberdorf, le chef de train nous prévint que la voie était interceptée et qu'il était obligé de faire machine en arrière sur Soultz. Le canon grondait en avant de nous et les obus tombaient sur la voie à quelque distance. Le chef de train nous autorisa à descendre en pleine voie, mais le temps lui manqua pour faire débarquer nos chevaux et nos bagages. Tout repartit pour Haguenau : matériel, voitures, chevaux, cantines et même nos ordonnances. Tout tomba entre les mains de l'ennemi deux jours après, et nous n'en entendîmes plus parler.

Il devait être 10 h. 1/2. Sous le commandement des capitaines de turcos Lépine et de Toustain du Manoir, la petite troupe marcha au canon dans la direction d'un campement français dont on apercevait les tentes à l'horizon. Nous sûmes plus tard que c'était le campement du

3e hussards. La colonne traversa Riedseltz et gagna la route de Soultz à environ 2 kilomètres de Wissembourg.

Dans cette course de 2 kilomètres environ, nous fûmes poursuivis par une grêle d'obus lancés probablement par les batteries allemandes établies à Windhof et au nord-est du château du Geissberg. La route n'étant plus tenable, nous nous jetâmes dans les vignes à gauche.

Nous ne savions trop où nous rendre, quand je m'entendis appeler par mon nom. C'était le conducteur d'une voiture de cantine, nommé Perdreau, qui, en 1863, avait été mon brigadier d'infirmerie à Blida, au 3e hussards. Ce brave homme nous offrit deux places dans sa voiture pour nous conduire à Cleebourg, village sur lequel son régiment venait de se diriger. Bien entendu, nous refusâmes ses offres, surtout quand il nous eut appris que, dès le premier coup de canon tiré de Sweigen par les Bavarois, l'état-major avait fait installer un poste de secours à la ferme du Schaffbusch que nous apercevions à quelques centaines de mètres devant nous, et que le général Douay, blessé mortellement par un éclat d'obus, venait d'y être amené.

Il était 11 h. 1/2 quand nous pénétrâmes dans la cour de la ferme. Nous y trouvâmes un poste de secours établi sous la direction de M. Genty (1), adjoint de 1re classe de l'intendance militaire, avec le concours de MM. Baëlen, médecin-major de 1re classe au 74e de ligne (2); Quillaut, médecin-major de 2e classe au 3e hussards (2); Gass, médecin aide-major de 1re classe au 74e de ligne (2). Ces médecins ne possédaient que le

(1) Décédé intendant du 15e corps à Marseille.
(2) Tous décédés prématurément.

matériel régimentaire, une paire de cantines et un sac d'ambulance.

Dix-sept soldats blessés appartenant aux 50e et 74e de ligne et à l'artillerie étaient couchés sous les hangars de la ferme. Plusieurs officiers occupaient la salle de droite du rez-de-chaussée, le corps du général Douay sur un matelas, le commandant Boutroy du 50e (1), le capitaine d'état-major du Clozel (2), le capitaine Paravisini et les lieutenants Richer et Dodin du 50e de ligne. On accédait à cette pièce par un large escalier de cinq à six marches. Un vaste sous-sol servant de cave régnait dans toute l'étendue du bâtiment.

D'accord avec le fonctionnaire de l'intendance et le médecin-major de 1re classe Baëlen, plus ancien de grade que moi, je pris, en qualité de médecin-chef désigné, la direction médicale de l'ambulance.

Un fanion coupé dans un vieux drap de lit et orné d'une croix rouge taillée dans une ceinture de troupier fut hissé au haut d'une cheminée de la ferme. Tout le personnel revêtit son bras gauche d'un brassard improvisé de la même façon. Nous eûmes le grand tort de n'en pas confectionner pour les infirmiers, et surtout de ne pas cacher leurs armes. Ces dernières avaient été déposées contre le mur extérieur de la ferme, dans la cour.

Le général Douay avait couché la veille à la ferme, chez le propriétaire, M. Volpert (3), avoué à Wissembourg. Vers 10 h. 1/2, pendant qu'il examinait, en avant du lieu dit « Les Trois Peupliers », le tir de la batterie de mitrailleuses, il fut blessé à l'aine droite

---

(1) Mort des suites de sa blessure à Wissembourg.
(2) Sous-intendant de 1re classe en retraite à Châlons-sur-Marne.
(3) Père du capitaine Volpert, du 4e de ligne. Décédé.

par un éclat d'obus. Ramené en charrette à la ferme, il y mourut quelques minutes après son arrivée, et pendant que le médecin-major Quillaut examinait sa blessure. Je ne pus constater, dans un examen rapide, qu'une plaie d'environ 5 centimètres siégeant à l'aine droite. Il n'y avait pas eu d'hémorragie externe et le ventre n'était pas ballonné. Le projectile avait dû pénétrer de bas en haut et se perdre dans la masse intestinale. Prévoyant que dans la journée nos blessés tomberaient entre les mains de l'ennemi, je vidai les poches du général de tout ce qu'elles contenaient. Les papiers furent brûlés, la montre et le porte-monnaie mis en sûreté.

A chaque instant, il arrivait de nouveaux blessés qui, presque tous, portaient des lésions aux membres inférieurs. Ces lésions paraissaient produites par des armes tirant de loin et par des éclats d'obus percutants. Elles ne présentaient pas de grands délabrements, et ne nécessitaient qu'exceptionnellement des interventions opératoires immédiates. Une fois pansés, les petits blessés rejoignaient leur corps en retraite; les plus sérieusement atteints restaient couchés sur la paille des hangars.

De midi à 1 h. 1/2, le canon faisait rage du côté du Geissberg, et les projectiles pleuvaient autour de la ferme. Plus de 60 pièces d'artillerie allemande tonnaient contre les troupes de la brigade Montmarie établie au nord du Geissberg et au nord-est du Schaffbusch. Les 3es bataillons du 50e et du 74e et deux batteries d'artillerie avaient été ramenés vers la ligne de crête, et s'efforçaient par leur tir d'arrêter les Ve et XIe corps allemands. Le 1er bataillon du 50e, qui défendait le talus du chemin de fer contre des forces dix fois supérieures en nombre, venait d'être rejeté en désordre sur le 1er bataillon du 74e. Le commandant

Cécille, du 74e, qui le reçut devant le Geissberg, s'apercevant que son bataillon était influencé par le désarroi du 50e, jeta ses hommes dans la cour du château, où il comptait arrêter un instant les Prussiens, puis refiler en arrière, mais dans ce château-ferme il n'y avait de portes que sur la façade nord-ouest, et quand le commandant voulut sortir, il se trouva nez à nez avec tout le Ve corps. Il fallut rentrer dans le château et y faire une défense héroïque et désespérée qui se termina vers 3 heures par une reddition. C'est là que le commandant Cécille eut la poitrine traversée par une balle. Il fut ramassé par des infirmiers allemands et porté à Altenstadt, où il fut soigné chez Mme Beckenhaupt (1).

Les compagnies des 3es bataillons qui n'étaient pas entrées dans le château, avaient gagné la ligne de crête marquée par la route de Wissembourg à Strasbourg, route qui passe à l'ouest du Schaffbusch. Une fois là, les officiers purent rétablir l'ordre, et firent rouvrir le feu face à l'est, pour dégager les défenseurs du Geissberg (2).

Au même moment, vers 2 heures, le colonel Robert, chef d'état-major de la division, pénétra dans la cour du Schaffbusch, et nous avertit qu'il allait y faire entrer ses troupes pour défendre la position. M. Genty et moi lui fîmes observer que si la ferme était défendue, il faudrait abaisser le fanion d'ambulance et évacuer les blessés sur Climbach, pendant que la route du Pigeonnier était encore libre. Cet avis est accepté, et tout le personnel de l'ambulance et de la ferme s'empresse de placer les blessés sur les quelques voitures que nous avons à notre disposition, voitures de moisson

---

(1) Renseignements fournis par le capitaine Véling, du 26e bataillon de chasseurs, fils du Dr Véling, de Wissembourg, et neveu du commandant Cécille.

(2) Aujourd'hui en retraite à Gray.

·et voitures de réquisition amenées là par les subsistances.

M. l'aide-major Gass monte à cheval et reçoit l'ordre de gagner le col du Pigeonnier aux grandes allures et de prévenir le général Ducrot de notre départ de la ferme. Il était 2 h. 1/2. Nous prîmes à droite pour gagner la route de Climbach, et à 100 mètres plus loin nous assistâmes à cette retraite par bonds successifs opérée sous les ordres du capitaine Thierry par la compagnie de tirailleurs qui la dernière avait tenu bon dans la gare de Wissembourg. Cette compagnie emmenait avec elle une dizaine de prisonniers bavarois. A chaque 50 mètres, les hommes se retournaient face à l'est et faisaient un feu nourri sur les Allemands. Ils nous eurent bien vite dépassés. Ce sont, je crois, les derniers coups de feu tirés par les nôtres dans la journée du 4 août.

Le colonel Robert, craignant d'être enveloppé par la brigade allemande qui contournait les pentes sud du Geissberg, venait d'abandonner avec ses troupes les abords du Schaffbusch, prenait la route de Steinseltz et disparaissait bien vite dans les bois du Grossenwald.

Notre exode ne fut pas de longue durée. Notre petite colonne était à peine arrivée à la hauteur du village de Rott, qu'elle fut arrêtée par les feux d'un régiment du XIᵉ corps prussien, qui remontait la vallée du Saltzbach et menaçait de nous couper la route. Ces feux, dirigés trop haut, ne nous firent aucun mal.

De l'avis de tous, adjoint à l'intendance, médecins et officiers blessés, nous retournâmes à la ferme, espérant trouver un abri plus sûr dans ses bâtiments.

Nous y rentrions vers 3 heures, juste au moment où les défenseurs du Geissberg, 1ᵉʳ bataillon du 74ᵉ de ligne, étaient obligés de se rendre.

Nous dûmes songer à soustraire, autant que possible,

nos blessés au feu des batteries allemandes et des troupes qui nous entouraient. Tout le monde descendit dans le sous-sol, transformé en salle d'hôpital.

Pendant une demi-heure encore, sans plus nous occuper de ce qui se passait au dehors, nous recevons et pansons les quelques blessés qui, attirés par le fanion de Genève, nous arrivent des troupes en retraite. Les portes de la ferme étaient largement ouvertes, et rien ne faisait supposer que la position dût être défendue. J'étais occupé à extraire une balle du pied d'un sous-officier du 50°, quand M. Volpert, resté au rez-de-chaussée, nous avertit que des soldats allemands se montraient à la porte est de la ferme. Ils se glissaient un à un dans la cour, et quand ils furent en nombre, ils firent un feu de salve sur les portes et les fenêtres inoccupées du bâtiment central.

M. Genty et moi invitâmes MM. Réech et Fetsch, qui parlaient couramment l'allemand, à monter au rez-de-chaussée et à se joindre à M. Volpert pour crier le mot : lazaret. M. Faucon, qui se trouvait au pied de l'escalier, se joignit à eux. Le premier cri fut poussé par M. Fetsch, dont j'entends encore la voix nasillarde. Tous ceux qui occupaient le rez - de - chaussée poussèrent le même cri, et M. Réech, s'avançant sur le palier, montra son brassard improvisé et ajouta : « Ne tirez pas, c'est un lazaret ». Un nouveau feu de salve faisant voler des éclats de pierre et de plâtras autour de nos camarades répondit à ces cris.

Les Allemands cessèrent le feu, et s'avancèrent jusqu'à l'escalier, prêts à riposter au premier coup de feu qui partirait des bâtiments. Tous les valides du sous-sol remontèrent l'escalier, et j'invitai de nouveau MM. Réech et Fetsch à parlementer avec les officiers allemands.

Déjà M. Volpert faisait tous ses efforts pour empêcher l'ennemi de tirer dans la cave.

MM. Réech et Fetsch s'avancèrent de nouveau sur l'escalier ; mais malgré l'assurance donnée par eux qu'il n'y avait dans la ferme que des blessés et des médecins, ces deux officiers du corps de santé furent appréhendés, malmenés et menacés de mort. Le corridor fut bientôt envahi, et tous nous fûmes exposés aux brutalités de ces hommes encore sous le coup de la terreur folle que les turcos leur avaient inspirée dans la matinée. « On avait tiré sur eux des combles de la ferme, disaient-ils. Nos infirmiers étaient armés, et l'on voyait encore leurs fusils chargés rangés sur la face extérieure du bâtiment. » Si leurs officiers ne s'y étaient énergiquement opposés, aucun de nous n'échappait à leurs coups.

Le sous-sol dut être immédiatement évacué et les blessés replacés sous les hangars. Comme prise de guerre on nous enleva nos épées et nos trousses, nos chevaux tout harnachés. La cave ne fut pas oubliée ; des brocs furent remplis de lait et de vin, et, de peur d'être empoisonnés, les Allemands nous forcèrent à goûter ces liquides avant de les boire. Cette scène douloureuse pour nous tous dura près d'une heure ; mais nous dûmes nous estimer heureux d'en être quittes à si bon compte. En effet, deux jours après, M. Milliot, médecin-major de 1re classe du 2e tirailleurs, était tué devant l'ambulance Sarazin, à Reichshoffen ; M. le sous-intendant Coulombeix recevait de nombreux coups de sabre sur la tête en voulant, près d'Eberbach, empêcher des uhlans d'entrer dans l'ambulance de la 4e division. Enfin, à la bataille de Rezonville, le médecin-major de 1re classe Beurdy était tué d'un coup de lance à la porte de l'ambulance dont il était le médecin-chef.

Enfin tout se calma, et plusieurs officiers allemands

gravement blessés réclamèrent nos soins. L'un d'eux, parent du général Blumenthal, avait l'omoplate gauche brisée par une balle restée dans la plaie. Le médecin assistant de son régiment nous prêta les instruments nécessaires à l'extraction du projectile, car toutes nos ressources chirurgicales, cantines, sac et trousses, avaient disparu.

Un peu après 4 heures, le prince royal, suivi de son état-major, vint visiter l'ambulance et saluer la dépouille mortelle du général Douay. Le prince demanda le médecin-chef et l'invita à l'accompagner. Le général en chef de la IIIᵉ armée, son état-major et le médecin-chef pénétrèrent seuls dans la pièce où le **général Douay** était couché sur un lit de camp.

Cet épisode fait le sujet du magnifique tableau de von Werner (1), directeur de l'Académie royale de Berlin.

Le prince me demanda à quelle blessure avait succombé le général, et s'il était bien le général Douay de l'expédition du Mexique. Il désirait savoir où était en ce moment le maréchal de Mac-Mahon, grand ami du roi, son père. Je ne répondis pas à cette question ; alors il ajouta que c'était un grand honneur pour l'armée allemande d'avoir à se mesurer avec des troupes aussi braves que les nôtres.

En effet, avec 4.500 hommes seulement, la 2ᵉ division avait retenu, pendant six heures, devant Wissembourg, 50.000 hommes de la IIIᵉ armée allemande.

Le prince passa ensuite devant tous les blessés couchés sous les hangars. A ce moment, je lui présentai M. l'adjoint à l'intendance Genty comme le chef de

---

(1) *Kronprinz Friedrich Wilhelm an der Leiche des générals A. Douay.* Von Werner. Sont représentés : prince Frédéric, capitaine comte d'Eulembourg, général de Blumenthal, colonel Winterfeldt, commandant Mischke, médecin-major chef de l'ambulance, général Douay.

l'ambulance. Le prince me fit observer que dans l'armée allemande les formations sanitaires n'avaient pas d'autre chef que le médecin le plus élevé en grade ; je dus l'accompagner dans sa visite. Je profitai de cette promenade pour me plaindre de la non-observance, à notre égard, des prescriptions de la Convention de Genève. Les officiers excusèrent leurs hommes, affirmant que, de la ferme, où flottait le pavillon de Genève, on avait tiré sur leurs troupes ; que les soldats allemands ne connaissaient pas nos uniformes, que si certains d'entre nous portaient à leur tunique des boutons d'or ornés du caducée, d'autres avaient des grelots d'argent, et que nos brassards improvisés n'étaient estampillés ni d'un numéro d'ordre ni du timbre de la Convention ; enfin, que nos infirmiers étaient armés et que leurs fusils étaient encore chargés. Toutes ces observations étaient justes, excepté, toutefois, l'accusation d'avoir tiré de la ferme sur les troupes allemandes. MM. Volpert, propriétaires de cette ferme, nous assurèrent que, pendant notre essai de retraite, aucun coup de fusil n'avait été tiré des bâtiments sur les Allemands. Les feux de salve, dont se plaignaient les officiers prussiens, avaient été tirés par la compagnie de tirailleurs et le bataillon du 50e de ligne, qui, arrivés sur la ligne de crête, avaient fait face à l'est et rouvert, pendant quelques minutes, le feu sur les troupes des Ve et XIe corps allemands avant de continuer leur retraite sur Climbach et Steinseltz (1).

Le grand état-major quitta la ferme vers 4 h. 1/2, après avoir donné l'ordre de diriger sur Wissembourg les médecins de l'ambulance et leurs blessés. Malgré les réclamations du fonctionnaire de l'intendance et de

_____

(1) Renseignements fournis par le capitaine Véling, du 26e bataillon de chasseurs, fils du docteur Véling, de Wissembourg.

l'officier comptable, nos 22 infirmiers, encadrés par un peloton de dragons, furent conduits à Landau.

Les blessés furent chargés, comme la première fois, sur les voitures de la ferme, et le triste convoi, blessés et médecins, entourés et gardés à vue par des soldats baïonnette au canon, prit la route de Wissembourg.

A notre arrivée dans la place, nous fûmes présentés à M. Hepp, sous-préfet, qui nous désigna les maisons où nous devions déposer nos blessés. Le capitaine du Clozel resta à la sous-préfecture, où se trouvait déjà le commandant Liaud, du 3e bataillon du 74e de ligne, blessé le matin en défendant la ville. Je remis à M. Hepp les onze cents francs contenus dans le porte-monnaie du général, tout en conservant le porte-monnaie (1).

Le commandant Boutroy fut confié aux soins du principal du collège.

Le corps du général Douay fut déposé, recouvert de son uniforme et enveloppé dans mon caban, chez M. Rehm, pharmacien de la ville (2). Je me proposais de l'embaumer le lendemain matin ; mais, le jour suivant, dès la première heure, il fut inhumé par les Allemands, avec tous les honneurs dus à son grade — tant la décomposition du cadavre était avancée. Je ne revis plus mon manteau.

L'autorité allemande nous désigna, pour nous et nos blessés, la grande auberge qui fait face à la gare et un grand bâtiment y attenant et non achevé. Avec de la paille, on en fit un hôpital temporaire.

Il était 7 heures du soir. Or, à ce moment, notre sous-intendant fut arrêté par un colonel prussien, qui, à cause de ses galons, ne voulut pas reconnaître sa neutralisation par la Convention de Genève. Malgré mes

---

(1) Ce porte-monnaie se trouve au musée de l'armée.
(2) Gendre de M. le docteur Hornus, décédé.

réclamations, M. Genty fut enfermé dans une salle de la gare avec les officiers du 74° faits prisonniers le matin dans les rues de Wissembourg. Dans la soirée, je portai mes réclamations près du général Blumenthal, et je fus assez heureux pour obtenir la mise en liberté de notre prisonnier.

L'auberge était remplie de blessés, surtout de tirailleurs, auxquels M. le docteur Hornus (1), médecin de la ville, et Mme Dillon, femme du percepteur, donnaient leurs soins. La maison fut vite encombrée, grâce à nos blessés. Les ressources en linge et en instruments, fournies par M. Hornus, nous permirent de panser ou repanser tous ces malheureux.

Le lendemain matin, 5 août, le prince Putbus, accompagné de plusieurs chevaliers de Saint-Jean, vint nous chercher pour nous conduire à Altenstadt.

L'affaire avait été des plus chaudes entre ce village et la gare de Wissembourg. Les 2° et 3° bataillons de tirailleurs avaient perdu là 16 officiers et 600 hommes. Un lazaret allemand, le V° je crois, fonctionnait à la mairie, où étaient entassés, avec les blessés des V° et XI° corps, tous nos braves turcos. Tous les blessés étaient gravement atteints et presque tous n'étaient pas transportables. Avec les ressources mises sur place à notre disposition, tous, médecins, pharmacien et officier comptable, nous pratiquâmes les pansements et les applications d'appareils permettant des évacuations immédiates sur les hôpitaux fixes. Les blessés étaient si nombreux, et les blessures si graves, que 24 heures après l'action plusieurs officiers de tirailleurs n'avaient pu encore être examinés par les médecins allemands. Appelé par le lieutenant Grandmont qui souffrait d'une affreuse lésion du côté droit, je parvins à extraire de

---

(1) Père de M. le médecin-major de 1re classe Hornus et beau-père du général Le Joindre.

cette plaie profonde un énorme éclat d'obus logé derrière le foie. Transporté sur sa demande à l'auberge de la gare, le malheureux y mourut dans la nuit suivante.

Le lendemain 6 août, M. le docteur Hornus venait à notre auberge nous avertir que l'autorité allemande nous attachait au service chirurgical d'un grand hôpital installé dans l'ancien couvent des Bernardins. On avait couché là près de 300 blessés, tous Français, appartenant au 1er tirailleurs, à l'artillerie, aux 50e et 74e de ligne, les seuls régiments de la 2e division qui combattirent à Wissembourg. Le 16e bataillon de chasseurs à pied avait été laissé à Seltz, et le 78e de ligne avait été emmené, le matin même, à Climbach par le général Ducrot.

Nous trouvâmes dans les salles deux médecins de la ville, MM. Veith et Véling (1). C'est ce dernier qui organisa les principales ambulances mixtes de la ville et qui eut toute la charge des blessés en traitement à l'hôpital militaire, au collège et dans les maisons d'école. Pendant toute la journée du 6 nous fîmes de grands pansements et des opérations importantes.

Vers 5 heures, je terminais une résection de la hanche, quand un officier allemand vint nous apporter l'ordre de nous rendre sur le champ de bataille de Wœrth, où les médecins faisaient défaut. Je remis le service au professeur Billroth et à Czerny (2), son aide, qui tous deux en ce moment entraient dans nos salles.

La ville était remplie de blessés. Sur un effectif d'environ 50.000 hommes engagés, les Allemands avaient eu 91 officiers et 1.460 hommes hors de combat; sur 4.500 hommes ayant pris part à l'action, les Français

(1) Médecin à Wissembourg, père du capitaine Véling, du 26e bataillon de chasseurs, à Saint-Mihiel.
(2) Aujourd'hui professeur à Heidelberg.

comptaient 1.000 hommes et officiers mis hors de combat et 1.000 hommes et officiers faits prisonniers tant dans la ville que dans le château du Geissberg.

Au bruit des musiques militaires célébrant la victoire que les Allemands venaient de remporter à Wœrth (God save the Queen, probablement en l'honneur de la princesse royale), nous fûmes hissés sur un chariot à moisson, entourés par un peloton de fantassins et conduits à Soultz, où nous fûmes reçus chez Mᵉ Pétri, notaire. Une partie de la nuit fut employée à installer des baraques en planches, à recevoir et à examiner les blessés qu'on avait pu transporter du champ de bataille.

Le lendemain 7 août, en visitant les blessés français soignés dans des maisons particulières, nous rencontrâmes le médecin-major de 2ᵉ classe Labrevoit (1), qui, après avoir chargé avec ses cuirassiers à Morsbronn, avait ramené ses blessés à Soultz et leur donnait ses soins chez l'habitant.

Dès 10 heures nous reprenions notre équipage de la veille, et, par la route de Preuschdorf, nous arrivions à Wœrth. Toutes les maisons de ce village, centre important de l'action de la veille, étaient bondées de blessés. Aussi, quand les chevaliers de Saint-Jean, qui présidaient aux évacuations, aperçurent nos uniformes, ils nous demandèrent de laisser à Wœrth deux des nôtres. MM. Réech et Lallemand furent désignés. Après avoir reçu des Allemands quelques instruments et objets de pansement, ces deux aides-majors durent, pendant quatre jours, aller de grange en grange panser les nombreux blessés qu'on y avait accumulés. Le 11 août, ils rentraient à Haguenau, point désigné par l'autorité allemande pour le rapatriement des neutralisés.

Le reste du personnel continuait sa route sur Reichs-

(1) Principal de 2ᵉ classe en retraite.

hoffen et traversait Frœschwiller vers 2 heures. A l'entrée de ce dernier village et à gauche, était installée l'ambulance Sarazin (1), de la division Ducrot, et un peu plus loin, dans l'église, l'ambulance du quartier général, médecin principal Navarre (1). Enfin, nous retrouvions des amis. Apprenant notre pénurie en instruments de chirurgie, Sarazin me prêta une boîte d'amputation qui était sa propriété personnelle. C'est grâce à ces instruments que je pus pratiquer les nombreuses opérations qu'il me fut donné de faire à Reichshoffen et à Elsasshausen.

A 3 heures, nous arrivions enfin au terme de notre voyage : Reichshoffen. Là, fonctionnait l'ambulance Raoult-Deslongchamps, de la division Raoult (1). Un grand nombre d'officiers français, qui, non transportables, n'avaient pu être évacués sur Haguenau, occupaient les maisons particulières, les écoles et le château de M. de Leusse.

L'ambulance Jau (1), de la division Lartigue, s'était installée dans les environs d'Eberbach ; nous ne la rencontrâmes pas dans nos pérégrinations.

Toutes ces ambulances étaient au complet, personnel et matériel. Elles ont fonctionné aussi régulièrement que possible dans les lignes ennemies. A la quantité des infirmiers français, à la variété de leurs uniformes, à la profusion des brassards, nous nous aperçûmes vite que les Allemands s'étaient départis de leur sévérité du premier jour, et qu'ils avaient bien voulu reconnaître comme infirmiers des fantassins et même des zouaves qui n'avaient jamais appartenu à aucune section.

Ne pouvant évacuer les blessés le soir de la bataille, tout le personnel de santé resta avec eux, d'abord pour les soigner, mais aussi pour les consoler. En agissant

---

(1) Tous décédés.

ainsi, les médecins ont bien mérité de l'armée, et, en pareille circonstance, ils devraient agir de même.

Le général allemand qui commandait à Reichshoffen nous désigna l'école des Frères comme siège de notre ambulance ; il nous fit donner les ressources médicales qui nous étaient indispensables. J'étais fier : je possédais une boîte d'amputation. Toute la soirée, nous opérâmes des blessés qui, depuis la veille, attendaient que la troisième ambulance fût désencombrée. Le lendemain matin, j'étais appelé dans les environs pour y visiter les blessés réfugiés dans des maisons isolées. Dans l'une d'elles, aidé de M. Fetsch, qui administrait le chloroforme, j'amputai la jambe d'un malheureux qui depuis le 6 au soir attendait les premiers soins.

A mon retour à Reichshoffen, un habitant vint me prier de voir un capitaine d'état-major qu'il avait reçu chez lui et qui avait le genou traversé par une balle. C'était le capitaine Rau (1), que j'avais laissé quelques jours auparavant à Constantine. Il n'avait encore été vu par personne. Sa blessure était grave, car la balle avait traversé l'articulation, mais sans lésion apparente des os. Aidé de M. Fetsch, qui, me servant d'interprète, ne me quittait jamais, j'appliquai de suite le pansement antiseptique de l'époque, lavage de tout le genou avec la solution phéniquée à 2 p. 100, gaze trempée dans l'huile phéniquée, enveloppement du membre avec de l'ouate et immobilisation avec une longue bande recouverte de bouillie de gluten prise chez le boulanger d'en face. Je recommandai au blessé l'immobilité la plus complète pendant le plus longtemps possible. Les soins consécutifs furent donnés au capitaine par MM. Klein, médecin de Niederbronn, et J. Bœckel, professeur de la Faculté de Strasbourg. Huit mois après, le capitaine

---

(1) Aujourd'hui général à Mézières.

Rau, accompagné de son père, conseiller à la Cour de cassation, venait à l'hôpital de Penthièvre, dont j'étais le médecin-chef, à Paris, me faire constater sa guérison complète. Le général m'écrivait dernièrement qu'il n'avait jamais consenti à se laisser évacuer, et qu'il attribuait sa guérison à une immobilité prolongée pendant trois mois.

Je quittais mon malade le lendemain matin, la commandature nous envoyant à Elsasshausen pour y renforcer le XI⁰ lazaret prussien. Dans ce village, la bataille du 6 août avait été des plus acharnées. Le 1ᵉʳ tirailleurs, qui déjà avait laissé plus de 600 hommes sur le terrain à Wissembourg, venait encore d'en perdre 800 en chargeant, avec ses trois bataillons, le XI⁰ corps allemand tout entier. Presque toutes les maisons avaient été démolies ou brûlées par le feu de l'ennemi, et les nombreux blessés, étendus sur la paille, entre les murs restés debout, sous les toits éventrés, se trouvaient, pour la plupart, exposés aux intempéries extérieures. Il fallait se hâter de les panser et de les opérer, afin de permettre leur évacuation sur l'Allemagne. Il ne restait plus là que des blessés non transportables.

Le personnel du XI⁰ lazaret se composait : d'un médecin-chef, de deux assistants et d'une douzaine d'infirmiers. Le personnel était sur les dents. Nous amenions comme renfort quatre médecins : MM. Dauvé, Baëlen, Quillaut et Faucon ; un pharmacien, M. Fetsch, et un officier d'administration, M. Paillot. Le médecin-chef nous prévint, dès notre arrivée, que tous nous étions placés sous ses ordres, sans distinction de grade, et que notre rôle se bornerait à faire des pansements, sans pratiquer d'opérations, si ce n'est avec son autorisation préalable.

Les médecins allemands faisaient peu d'opérations primitives, et semblaient redouter les insuccès, suites d'amputation ou de résection. Nous perdions beaucoup de blessés succombant à leurs affreuses blessures, et quelques-uns, atteints de fractures des membres, à des hémorragies retardées.

Dans la journée du 11 août, j'obtins du médecin-chef l'autorisation de faire, chez un artilleur prêt à succomber à des hémorragies répétées, la ligature de la fémorale pour une blessure de la cuisse par éclat d'obus. Cette opération ayant été faite en sa présence avec un plein succès, il voulut bien m'accorder sa confiance, et donna de suite l'ordre à ses assistants de mettre à notre disposition tout le matériel chirurgical dont nous pourrions avoir besoin.

Un registre me fut confié, sur lequel je devais inscrire, pour chaque opéré, le nom du malade, le genre de lésion, l'opération pratiquée et le procédé employé.

Le soir même, le médecin-chef partait pour Bitche, où il était appelé d'urgence, et nous laissait le personnel et le matériel d'une section de son lazaret.

Le lendemain, 12 août, et les jours suivants furent employés à pratiquer toutes les opérations urgentes et principalement les amputations pour fractures des membres avec gangrène commençante. Nos opérés étaient évacués le jour même vers la gare la plus proche sur les longs chariots du pays, remplis de paille fraîche. Ces évacuations étaient heureusement terminées le 14, jour où nous reçûmes l'ordre de nous rendre à Haguenau pour être rapatriés par les provinces rhénanes et la Belgique.

Nos blessés au XIe lazaret recevaient, de la part du personnel, des soins aussi dévoués que les blessés allemands. Nous n'eûmes qu'une critique à faire : la nourriture réglementaire, l'unique bouillie au gruau et aux pruneaux, manquait de variété; elle était insuffisante et fade pour les estomacs de nos soldats. Les voitures allemandes contenaient, en linge à pansement, ouate, gaze, jute, tourbe, etc., en médicaments variés, en liquides antiseptiques et en appareils à fracture de toute nature, tout ce qu'à cette époque le chirurgien le plus exigeant pouvait désirer. L'acide carbolique ou phénique était abondant. Sans appliquer exactement le pansement régulier de Lister, employé dès 1867 à l'infirmerie d'Edimbourg, nous nous servions de linge et de gaze mouillés dans la solution phéniquée à 2 p. 100. Dans les amputations, nous opérions sous cette solution tombant goutte à goutte, d'un petit arrosoir de cuisine tenu par la main d'un aide, sur la plaie et sur les mains du chirurgien. Nous recouvrions les plaies de gaze imbibée d'huile phéniquée et d'épaisses couches d'ouate.

A l'ambulance des Bernardins, à Wissembourg, Billroth et Czerny employèrent, autant qu'ils purent, le pansement antiseptique; mais il leur était impossible de se procurer ni huile ni acide phénique en quantité suffisante. Ils se servaient de tout ce qui pouvait être utilisé : au commencement, du permanganate de potasse apporté par des élèves de Hueter de Greisswald, plus tard d'acide phénique, quelquefois d'eau créosotée, de sous-acétate de plomb et de solution de chlorure de chaux. Ils avaient une profonde horreur pour la charpie (1).

Dans les derniers jours de notre séjour à Elsasshausen, au moment où, dans ce village dévasté et abandonné, nous n'avions pour nous nourrir, nous et nos blessés, en dehors de la soupe aux pruneaux, que les petites pommes de terre que notre officier comptable, M. Paillot, allait ramasser dans les champs labourés par les obus, nous reçûmes la visite de plusieurs membres

---

(1) « Aus den Kriegslazareten anno 1870 », *Wiener medicinische Wockenschrift*, 1870-1871. Czerny.

de la Société française de secours aux blessés militaires, entre autres MM. de Vogüé et de Flavigny fils. Ces messieurs nous apportaient, pour nous et nos blessés, du linge, des flanelles et des conserves alimentaires. Inutile de dire avec quel empressement et quelle reconnaissance nous acceptâmes ces ressources, qui nous arrivaient si à propos.

Nos évacuations avaient duré huit jours, et toutes furent faites dans les meilleures conditions, avec les chariots du pays, sur les villes de la basse Alsace et les provinces rhénanes.

Pour se rendre compte du chiffre énorme de ces évacués, il suffit de rappeler les pertes des deux armées à Reichshoffen.

Le 6 août au matin, la III⁰ armée allemande comptait 148.000 hommes ; 100.000 seulement entrèrent en ligne. Les Allemands perdirent 10.642 hommes dont 489 officiers, soit environ le dixième de l'effectif.

L'armée française ne put mettre en ligne que 43.000 hommes. Elle eut 10.800 hommes mis hors de combat, soit un peu plus du quart de son effectif (1).

Le 15 août, toutes les ambulances du Iᵉʳ corps de l'armée du Rhin étaient réunies à Haguenau. Le matériel restait aux Allemands, mais tout le personnel, sous-intendants, médecins, pharmaciens et officiers comptables, s'embarquait le 16 août dans le train qui, par les provinces rhénanes et la Belgique, devait le ramener en France. Nous arrivions à Paris le 18.

Le 26 août, le personnel complété de l'ambulance de Wissembourg rejoignait l'armée à Attigny, dans les Ardennes, et y recevait un nouveau matériel.

Tous les faits relatés ci-dessus ont fait l'objet de deux rapports datés d'Haguenau, 16 août 1870 ; le premier,

---

(1) Général Bonnal. *Cours de tactique générale.*

très succinct, adressé au Président du conseil de santé, est encore dans les archives du comité technique : j'en possède une copie ; l'autre, très complet, destiné au commandement, est tombé entre les mains des Allemands, le 31 août, à Sedan, au moment de la prise d'une partie de notre convoi.

Dès son arrivée sur le champ de bataille de Wissembourg, le 4 août, 11 heures du matin, le personnel de la 2ᵉ ambulance s'est trouvé enfermé dans la ferme du Schaffbusch jusqu'à l'heure de la retraite. Jusqu'au 16 août il ne s'est trouvé en rapport qu'avec des blessés et des prisonniers de guerre. Aussi les généraux et l'état-major ont-ils pu ignorer sa présence, et par la suite aucun rapport officiel n'en fit mention. Dans son court passage à travers la ferme, le colonel Robert, en nous apercevant, a cru n'avoir affaire qu'aux médecins de régiment, que, le matin, il avait chargés de l'installation d'un poste de secours.

C'est à l'absence de tout document officiel, en dehors des documents allemands, qu'il convient d'attribuer le jugement sévère porté sur le rôle du service de santé dans la journée du 4 août par le colonel Bonnal, dans son cours fait à l'Ecole de guerre en 1895, et dans son livre : « Frœschwiller », publié en 1899. « Les petits blessés de la 1ʳᵉ brigade, écrit ce général, avaient été réunis dans la ferme du Schaffbusch, qu'ils encombraient, privés de secours. La division n'étant pourvue ni d'ambulance ni de voitures pour le transport des blessés, force lui fut d'abandonner ses grands blessés sur le terrain de la lutte, d'où ils furent enlevés par les soins des ambulances allemandes. »

Avant de répondre à cette assertion manifestement inexacte, je crois devoir répéter ce que j'ai déjà dit plus haut.

Dans la journée du 4 août, la ferme du Schaffbusch

n'a jamais été occupée par nos troupes. Ses abords seuls ont été défendus par l'infanterie et l'artillerie de la brigade Montmarie. Il n'a pas été tiré un seul coup de fusil de l'intérieur de la ferme sur les Allemands. Ces derniers n'ont pas eu grand'peine à la prendre d'assaut; ils sont entrés un à un dans la cour par la porte de l'est largement ouverte, ont tiré d'abord sur des portes et des fenêtres inoccupées, et ensuite sur des médecins sans armes munis de brassards, improvisés, il est vrai, mais qui se présentaient à découvert pour parlementer avec eux. Les vingt blessés qui encombraient la ferme étaient tous des blessés graves; en effet, deux d'entre eux, le général Douay et le commandant Boutroy, sont morts de leurs blessures. Tous ont reçu les secours auxquels ils avaient droit, car pour soigner vingt blessés il y avait huit médecins.

Si le matériel réglementaire nous a fait défaut, les ressources régimentaires du 3e hussards et du 74e nous ont largement suffi. Si les mulets de cacolets et les brancards, qui à cette époque constituaient les seuls moyens de transport des ambulances, sont restés à Strasbourg, nous disposions des voitures de cantine, des chariots de la ferme et des voitures des subsistances, dont nous avons su nous servir dans notre essai d'exode sur Climbach et notre évacuation sur Wissembourg.

En terminant ce travail par un court exposé du fonctionnement du service de santé pendant la journée du 4 août, j'essaierai de démontrer que si, en raison d'un retard de quelques heures dans la concentration du matériel de ce service, son fonctionnement n'a pu être ni aussi régulier ni aussi complet qu'il aurait dû l'être, les médecins militaires ont tiré le meilleur parti des ressources insuffisantes dont ils disposaient, et ont fait tout leur devoir; enfin, que nos malheureux et glorieux blessés n'ont pas été abandonnés sur le terrain de la lutte sans secours ni sans consolations.

Dès 9 heures du matin, le service de santé fonctionna de la manière suivante : la brigade Montmarie, établie autour du Geissberg, envoya ses blessés transportables au poste de secours installé au Schaffbusch, poste de secours qui, à 11 heures, devint l'ambulance divisionnaire. Tous les blessés ne pouvant marcher ont été pansés dans cette ferme et y sont restés jusqu'à leur évacuation sur Wissembourg. Dix blessés allemands, dont plusieurs officiers, y ont aussi reçu des soins. Tous les blessés légers de la brigade ont suivi leur régiment dans la retraite, les uns après s'être fait panser au Schaffbusch, les autres après avoir été soignés dans le rang par les médecins du 50e, qui n'ont pas quitté les troupes dans leur retraite. Les blessés non transportables de cette brigade ont été recueillis vers 3 heures au château du Geissberg, et conduits par les infirmiers allemands au lazaret établi à Altenstadt.

Le 1er tirailleurs constituait à lui seul la 1re brigade Pellé. Son médecin-major de 1re classe, Couderc, qui, deux jours plus tard, devait être grièvement blessé à Elsasshausen, avait établi un poste de secours dans son campement. Les blessés qui pouvaient marcher y reçurent ses soins. Les 2e et 3e bataillons, qui prirent une part si héroïque à l'action entre la gare et Altenstadt, portèrent leurs blessés graves au poste de secours installé près de la gare par l'aide-major du régiment, M. Bertelé.

Entre midi et 2 heures, tous ceux qui pouvaient marcher accompagnèrent le régiment dans sa retraite. Les blessés non transportables furent ramassés par les Allemands et conduits, les uns dans l'auberge en face de la gare, où ils furent soignés d'abord par le docteur Hornus, et le soir par les médecins de la 2e ambulance, les autres au lazaret d'Altenstadt, où d'abord ils furent traités par les médecins allemands et le lendemain par les médecins français du Schaffbusch.

Les blessés du 2ᵉ bataillon du 74ᵉ, fait prisonnier dans Wissembourg, furent admis dans les établissements hospitaliers de la ville, traités d'abord par les médecins civils, et ensuite dans la journée du 6 août par les médecins de la 2ᵉ ambulance au couvent des Bernardins.

Enfin, plus de cent blessés légers appartenant à tous les corps ont pu suivre les troupes en retraite; ils ont été recueillis et pansés à Climbach par M. Guimberteau, médecin-major de 2ᵉ classe du XIᵉ chasseurs à cheval.

Un grand nombre de ces derniers n'ont pu suivre les troupes, qui ont quitté le village vers 9 heures du soir. Ils sont tombés le lendemain au pouvoir de l'ennemi, et ont été évacués sur les établissements hospitaliers et scolaires de Wissembourg, où ils ont été confiés aux soins éclairés de M. le docteur Véling et des professeurs Billroth et Czerny.

Les plus valides eurent le courage de gagner Frœschwiller et furent recueillis par l'ambulance de la 1ʳᵉ division, dont Charles Sarazin était le médecin-chef.

Depuis 25 ans je revois encore de temps à autre, à la Société de secours aux blessés militaires, quelques braves gens de cette glorieuse époque, et c'est toujours avec une émotion bien vive que je leur fais distribuer les subsides qu'ils ont si bien mérités.

FIN

146

Librairie militaire Henri CHARLES-LAVAUZELLE
Paris et Limoges.

Guerre franco-allemande de 1870-1871, par le capitaine Ch. ROMAGNY, professeur de tactique et d'histoire à l'Ecole militaire d'infanterie, accompagné d'un atlas comprenant 18 cartes-croquis en deux couleurs (honoré d'une souscription des ministères de la guerre et de l'instruction publique et d'une médaille d'honneur de la Société d'instruction et d'éducation). — Volume grand in-8° de 392 pages, et l'atlas...................... 10 »

GUERRE DE 1870. — **La première armée de l'Est.** — Reconstitution exacte et détaillée de petits combats avec cartes et croquis, par le commandant breveté Xavier EUVRARD. — Volume grand in-8° de 268 pages....... 6 »

L'armée de Metz, 1870, par le colonel THOMAS. — Vol. in-8° de 252 pages, orné d'un portrait et de deux cartes..................... 3 »

Le maréchal Bazaine pouvait-il, en 1870, sauver la France? par Ch KUNTZ, major (H. S.), traduit par le colonel d'infanterie E. GIRARD. — Vol. in-8° de 248 p., avec une carte hors texte des envir. de Metz. 4 »

CAMPAGNE DE 1870-71. — **Le 13e corps dans les Ardennes et dans l'Aisne, ses opérations et celles des corps allemands opposés.** Etude faite par le capitaine breveté VAIMBOIS, de l'état-major de la 10e division d'infanterie. — Volume in-8° de 224 pages...................... 3 50

La défense de Belfort, écrite sous le contrôle de M. le colonel Denfert-Rochereau, par MM. Edouard THIERS, capitaine du génie, et S. DE LA LAURENCIE, capitaine d'artillerie, anciens élèves de l'Ecole polytechnique, de la garnison de Belfort (5e édition). — Volume in-8° de 420 pages, avec trois cartes et plans en couleurs hors texte...................... 7 50

Histoire militaire de la France depuis les origines jusqu'en 1843, par Emile SIMOND, capitaine au 28e d'infanterie. — 2 vol. in-32 de 112 et 102 pages, brochés, l'un. » 50; reliés pleine toile gaufrée, l'un..... » 75

Histoire militaire de la France, de 1843 à 1871, par Emile SIMOND, capitaine au 28e de ligne. — 2 volumes in-32 de 96 et 104 pages, brochés. l'un. » 50; reliés pleine toile gaufrée............................. » 75

Crimée-Italie. — **Notes et correspondances de campagne du général de Wimpffen**, publiées par H. GALLI. *Ouvrage honoré d'une souscription du ministère de la guerre.* — Volume grand in-8° de 180 pages....... 5 »

Tableaux d'histoire à l'usage des sous-officiers candidats aux Ecoles militaires de Saint-Maixent, Saumur, Versailles et Vincennes, par Noël LACOLLE, lieutenant d'infanterie. — Volume in-18 de 144 pages. 2 50

Memento chronologique de l'histoire militaire de la France, par le capitaine Ch. ROMAGNY, professeur de tactique et d'histoire à l'Ecole militaire d'infanterie. — Volume in-18 de 316 pages................... 4 »

Campagnes d'un siècle, par le capitaine Ch. ROMAGNY, professeur de tactique et d'histoire à l'Ecole militaire d'infanterie. — **Campagnes de 1792 et 1806**, 1 volume (4 cartes). — **1800**, 1 volume (4 cartes). — **1805**, 1 volume (2 cartes). — **1809**, 1 volume (3 cartes). — **1812**, 1 volume (5 cartes). — **1813**, 1 volume (4 cartes). — **1814**, 1 volume (1 carte). — **1815**, 1 volume (1 carte). — **Crimée**, 1 volume (3 cartes). — **1859**, 1 volume (1 carte). — **1866**, 1 volume (4 cartes). — **1877-78**, 1 volume (3 cartes). — 12 volumes in-32, brochés, l'un.................................... » 50
Reliés pleine toile gaufrée..................................... » 75

Précis historique des campagnes modernes. Ouvrage accompagné de 37 cartes du théâtre des opérations, à l'usage de MM. les candidats aux diverses écoles militaires (2e édition). — Vol. in-18 de 232 p., broché. 3 50

Le siège de Lille en 1792, par Désiré LACROIX (2e édition). — Brochure in-18 de 32 pages, avec un plan pour suivre les phases du bombardement de la place. .... » 75

Sans armée (1870-1871), Souvenirs d'un capitaine, par le commandant KANAPPE. — Volume in-18 de 336 pages, broché...... .... 3 50